eiliadau tragwyddol

eiliadau tragwyddol

Cen Williams

bwthyn
GWASG Y BWTHYN

Cyhoeddwyd yn 2015 gan Gwasg y Bwthyn,
Lôn Ddewi, Caernarfon LL55 1ER.

ISBN 978-1-907424-71-7

Cyhoeddwyd gyda chymorth ariannol
Cyngor Llyfrau Cymru.

Argraffwyd a rhwymwyd gan
Gwasg y Bwthyn, Caernarfon
gwasgybwthyn@btconnect.com

I'm hwyrion
Lois, Twm, Siôn ac Alaw

Cynnwys

Cyflwyniad

Mae pob un ohonon ni'n cael rhai eiliadau tragwyddol; eiliadau o weld rhywbeth am y tro cyntaf, neu eiliadau o weld golygfa gyffredin neu lun mewn goleuni newydd. Gweld â'r llygaid gydag ychydig help gan y meddwl yw'r enghreifftiau hynny. Gweld o fath gwahanol yw'r llall, y gweld sy'n digwydd trwy lygaid y meddwl, y cof a'r rheswm. Mae'r gweld hwn yr un mor lliwgar a syfrdanol a gall roi i ni eiliadau tragwyddol o sylweddoli, o ganfod gwirionedd; eiliadau o'n gweld ni'n hunain neu gyfeillion a chydnabod mewn goleuni gwahanol, yn aml ar ôl eu colli. Cerddi am brofiadau felly sydd yn y gyfrol hon, rhai a roddodd eiliadau tragwyddol wrth eu llunio.

Mae yma dri chasgliad o gerddi. Lluniwyd un mewn ymateb i gais gan gwmni Tinopolis am gerddi i gyd-fynd â lluniau o Fôn o'r awyr. Cais gan Bwyllgor Celf Eisteddfod Genedlaethol Môn, 1999 am gerddi'n ymateb i beth o waith yr Arddangosfa Gelf a Chrefft yw un arall. Lluniwyd yr olaf yn ystod ac ar ôl taith i Gynhadledd Addysg yn San Ffransisco. Hoffwn ddiolch i gwmni Tinopolis a'r Eisteddfod am roi'r cyfle i mi ac am fy annog i feddwl ac ysgrifennu.

Elfen o waith pob bardd yng Nghymru yw'r elfen gymdeithasol neu achlysurol; cerddi i rai oedd yn gadael eu swyddi, cerddi i rai oedd yn ymddeol a cherddi coffa. Mae yma gerddi felly yn ogystal â rhai i rieni a rhieni yng nghyfraith. Er mai adnabyddiaeth bersonol a'u hysgogodd, gobeithio bod modd i bawb eu gwerthfawrogi gan fod ynddyn nhw elfennau cyffredin sy'n rhan o brofiad llawer iawn ohonom.

Cerddi a ddigwyddodd yw'r gweddill, cerddi y teimlwn yr angen i'w hysgrifennu am fod profiad neu sylw wedi fy nharo, wedi fy nghyffwrdd neu wedi fy ysgogi; llun, darn o gerddoriaeth, sylw, atgof, myfyrdod neu enedigaethau wyrion sy'n rhoi cymaint o'r tragwyddol i ni.

Diolch i ti ddarllenydd am brynu'r gyfrol. Gobeithio y gwnei di fwynhau pori ynddi, a phwy a ŵyr na chei dithau eiliad neu ddwy fwy tragwyddol na'i gilydd wrth ei darllen.

Cen Williams
Llanfaelog, 2015

Ynys

Pob un sy'n ynys weithiau
pan fo'r tonnau'n curo'r glannau
a'r traethau'n greithiau gwymon
fel cydwybod, wedi'r storm.

Unig yw'r oriau hynny
cyn daw eto fân donnau crych
i gosi'r graith
ac i fwytho'r wyryf lefn o draeth.

Unwaith,
pan welais ôl troed noeth
yn nhywod trai,
gwyddwn fod trefn
a bod rhywun . . . yn rhywle
fel Bendigeidfran gynt
yn pontio dau dir.

Eglwys Cwyfan

Ar draeth
yn amlwd caeth Rhosmor,
caer ar graig i herio'r cerrynt,
llid y don ar y llanw
neu drai yn ei holl droeon,
drwy lif y canrifoedd

Eglwys Cwyfan
lle bu'r cwynfan yn curio'r cof
unwaith yn ein gorffennol.

Cri gwylanod yn ddu fel crawc
a llygaid mamau'r llys
yn eiriol yn eu hiraeth
am hogiau a hoglanciau glew
a aeth yn ysglyfaeth i gledd
y Llu Du o dros y dŵr.

Lleisiau yn mwmial
ac yn mwytho enwau coll
a hiraeth yn ddiferion
ar ruddiau mamau Môn.

Ond gerllaw'r eglwys bu unwaith fawredd
'Tywysog Aberffraw ac Arglwydd Eryri'
a'r cofio yn gyffro gwlad

cyn i'r tulathau a'r trawstiau
ddiflannu dros lannau'r Fenai
yn estyll i godi castell ein gwarth
ac yn arf i ddofi Arfon.

Bellach, aeth awr llanw Môn
yn ddiferion rhwng dwy afon
ar draeth ein cwynfan.

Barclodiad y Gawres

Y Gawres a'i baich o gerrig
yn camu a llamu dros y llanw.
Daeth beddrod o'i barclodiad.

Ar daen yno
    uwch y don yn haenau,
        trwy agen ein gorffennol
           daw nodau iasol marwolaeth –

ymorol ein tadau am eu meirwon,
    einioes y canol llonydd
        a byd dyn rhwng deufyd
           ganrifoedd cyn dyfod Crist.

Cyfeddach trwyth y gwrachod
    a'r atgof am hwyl eu gwylnos
        yn gof yn olion yr esgyrn:

lyffantod, gwyniaid, llygod,
llysywod, sgwarnogod a nadroedd
a'n gorffennol yn un drewdod.

Rhyfedd ydyw meddwl
bod, cyn dyfod Duw,
fwy o barch i'r meirw
na sy' 'na heddiw i'r byw.

Dyddiau Ysgol yng Nghysgod Castell

Hanes Lloegr oedd hanes y llwyth
yn seintwar Ysgol Biwmares,
a dyddiau'r blodau drain duon
yn llwythog o wynion bryd hynny.

Ni oedd biau'r castell yn awr
y paru a'r caru cudd
a'r chwiw chwarae triwant.

Ein chwerthin powld
wrth ddwyn cennin pedr o'r lawntiau
yn adlais trwy'r cystadlu
ar Ddydd Gŵyl Ddewi.

Gweiddi wrth ymolchi'n y môt
wedi pelgad bore Sadwrn
a gwên ddewr wrth deimlo'r sliwod
yn ysu'n llithrig am gnawd,
fel y Saeson gynt
yng nghôl eu buddugoliaeth.

Bu farw'r blodau
a daeth pigau'r gwirionedd â'u poen.

Hysiwyd y Cymry i Rosyr
a daeth y myrdd i godi'r mur,
hen hwren fu Biwmares
yn oerni'r tawch wedi'r tes.

Biwmares i mi

i. CARTREFI'R BOBOL FAWR

Cartrefi tywysogaidd
A bywyd boneddigaidd
Yn y tai teras Georgaidd.

Mur castell oedd eu gwydra
Rhag ein bywyd ni, a nhwtha
Yn gori ar foethustra.

O'r trwyn dôi pob edrychiad,
Saesneg oedd iaith eu siarad,
Bychanu ym mhob ebychiad.

ii. EGLWYS

Eglwys hynafol
lle'r oedd gwasanaeth carolau'r ysgol
a bloeddio blynyddol
y 'Venite adoremus, Dominum'
a'r 'Once in Royal David's City' . . .

. . . a ninnau heb gael gwybod
am gaead arch ein Tywysoges, Siwan
yno o'n blaenau
na gwewyr hwyr ei hoes
yn unigedd ei dihoeni.

iii. LLYS A CHARCHAR

Ysgol oedd yno i'n dysgu
am y llys
yn gweinyddu cyfraith Lloegr

a'r carchar fu'n carcharu'r
Cymry a meibion Môn
a feiddiai yn eu tlodi
flysu bloneg digonedd
Bulkeley, Meyrick a'r Marquis.

Ynys y Bonedd

Ynys y cartrefi bonedd
a fu'n chwannog i gyflogi
trigolion Môn am arian mân
oherwydd
eu gwrogaeth
   . . . eu gwasanaeth
      . . . a'u gwaseidd-dra.

Ninnau'n cowtowio,
bowio a chrymu pennau
yn weision ufudd.

'A feddo gof, a fydd gaeth!'

Afon Menai

Ond cyn dyddiau'r cof
a chyn bod cydwybod yn boen,
Menai oedd Môn i mi,
o bier i bier yr oedd ein byd
a'r tes bob haf yn toddi'r tawch.

Haf pum deg wyth a'i hwyl
oedd yn debyg i Ddiwygiad,
plymio a nofio yn nŵr ein 'Ganges'
dair gwaith y dydd
a'n ffydd yn nuwies ddu Bron Haul a ffawd.

Yr haf hwnnw y dysgais
sacrament y llowcio mwg i grafu'r llwnc
a sut i godi dau fys yn seremonïol
ar y Seintiau Tudno, Trillo a Seiriol,
llynges pleser, a thonnau'r wêc
    yn ewyn ar y lan
    fel crych ar gof.

Ie, i mi bryd hynny, Menai oedd Môn,
Rhianfa bob ha
oedd lled a hyd ein byd a'n byw,
nes i minnau, fel pier Bangor
ymestyn i ystryw ei dyfroedd
a sylweddoli bod heli yn cancro'r cof
a hen hafau fel paent yn plicio.

Pont y Borth

Yr hen bont yw'r 'bont' i bawb,
y crai nodwydd
i'r miloedd oedd am symud mynyddoedd
ar ffordd ffydd allan o Fôn.

Y bwa'n borth i bobun
a fynnai hawl cynllunio,
'gofynnwch a chwi a gewch' oedd hi gynt,
'curwch ac fe agorir i chi'.

Heddiw, mae dwy bont
i hwyluso'r mudo mawr
a'r Fam yn colli'i meibion
a'i merched wrth eu miloedd
wrth i'r fro Gymraeg ddadfeilio
fel gwe yn y gwynt.

Hen fro fy atgofion –
rhith o sidan
yn troelli profiadau plentyndod
gan nyddu ponc ac afon a llyn
yn wefr o we,
a'r Gymraeg yn glynu ynddi
fel perlau gwlith yn haul y bore.

Dagrau yn disgyn
yw'r gwlith heddiw,
ac ymylon y we
sy'n raflio'n garpiog yn y dwyreinwynt,
ninnau'r gweddill
yn crafangio fel pryfed
a ddaliwyd yn ei dadrith

ac yn llithro fesul un
dros ganllaw'r bont.

Felly, heddiw
dowch o'r dwyrain
i fwynhau'r Fenai hardd . . .
dowch â'ch câr i Fiwmares.
Ond yna ewch, gadewch i ni dir
a gorweddfan ein hanes,
Môn ein cymuned
a'r Gymraeg,
iaith ein gobeithion ni.

Twm: haf 2008

Mae'r oriau wedi fflio
    Rôl deffro'n fore iawn
A gallai'r oriau lusgo
    Yn hir yn y prynhawn.
Pefrio wnaeth y llygaid clên
A gwefr y dyflwydd yn ei wên.

Pan soniwyd am Sain Ffagan,
    Y daith gyfarwydd bron,
Y cerdded drodd yn drotian
    A'r gwallt yn sboncio'n llon,
Pefrio o hyd wnâi'r llygaid clên
A gwefr y dyflwydd yn ei wên.

Heibio i ffermdy Kennixton,
    Llwyn Eos lawr yr allt,
Wrth weld moch bach yn sugno'n llon
    Roedd y sbonc yn harddu'i wallt.
Pefrio yn syn wnâi'r llygaid clên
A llerciai'r wefr tu ôl i'w wên.

At glom a gwellt Nantwallter,
    Llainfadyn ar y dde,
Bywyd yn ei erwinder
    Oedd brwydr byw'r ddau le.
Y pefr 'di mynd o'r llygaid clên,
Ni welais wefr, ni welais wên.

Wrth droi ger Abernodwydd
   Fe waeddodd yn ddi-lol,
Golwg craff y dyflwydd
   Welodd 'Arnie', 'Luke' a'r drol.
Pefrio fel haul wnâi'r llygaid clên
A gwefr yr oesau yn ei wên.

Os ewch chi i Sain Ffagan
   Â'ch wyrion dyflwydd oed
Cofiwch mai trol a marlan
   Fu'n denu plant erioed.
Hanes y werin? – Dim ond lol,
Diwylliant gewch mewn olwyn trol,
Bydd gwefr y dyflwydd yn y wên
A phefr yr olwyn tro'n y llygaid clên.

Lois: haf 2008

Rôl awr neu ddwy o fod i'r tŷ yn gaeth
'I man y môr,' cyhoeddodd hon
A geiriau'i chalon yn ei llygaid ffraeth.

Gafael mewn pwced, rhaw a phêl a wnaeth
A rhuthro i'r car yn wallgo' bron
Rôl awr neu ddwy o fod i'r tŷ yn gaeth.

Ac yno, yn Nhrecastell ar y traeth
Roedd dafnau dŵr hen byllau'n newydd sbon
A geiriau'i chalon yn ei llygaid ffraeth.

Roedd rhyddid yn ei hosgo gwyllt, fel saeth
Y rhedai at ddiferion lluwch y don
Rôl awr neu ddwy o fod i'r tŷ yn gaeth.

Rhedai heb ofn i ferw'r ewyn llaeth
A sbonc ei gwallt yn llamau llon,
Geiriau yn pefrio yn ei llygaid ffraeth.

A chyn mynd adre, at ei nain y daeth
I sgwennu ei bodolaeth gyda ffon.
Rôl awr neu ddwy o ddianc draw i'r traeth
Roedd calon hon yn pefrio yn ei llygaid ffraeth.

Croeso Siôn

Nos Wener ddaeth â Siôn i'r byd
gan roi i Twm, ei frawd, y lleuad llawn o wên,
dim ond ychydig ddyddia wedi'i bryd
oedd y nos Wener ddaeth â Siôn i'r byd.
Cofiwn ei wyneb hardd yn hedd y crud,
ei dalcen doeth mewn rhyw fyfyrdod hen
ar y nos Wener honno pan ddaeth Siôn i'r byd
i roi i Twm, ei frawd, y lleuad llawn o wên.

Ei enedigaeth fel Nadolig gwyn
a sêr y wyrth yn gloywi llygaid brawd
rôl pefrio syfrdan yr anneall syn,
yr enedigaeth wnaeth ei fyd yn wyn.
Trysorwn ninnau yr eiliadau hyn,
y dotio ar y bysedd hir a'r bawd
pan fydd pob geni'n gwneud ein byd yn wyn
a sêr y wyrth yn gloywi llygaid brawd;
mae'r holl ddyhead wedi cyrraedd yn y cnawd.

Alaw

I Mam, bu'n nawmis braf ymhlith pryderon
a Dad fu'n rhannu'r disgwyl maith
am enaid newydd eto i gychwyn taith
hyd lwybrau hyfryd bywyd llawn gobeithion.
  A dyma ti'n dy gynyrfiada
  'nymateb bywiog i'th synhwyra
  a'th lygaid gloyw fel goleuada.
Ti a ddaeth allan wedi'r strach,
drysor mawr, Alaw fach.

I tithau Lois cyffrous a hir fu'r disgwyl
am un i rannu bywyd gyda thi,
breuddwydio fuost am un fach fel hi
i'w magu a hwianganu iddi'n annwyl.
  Sbio wnaeth i fyw dy llgada,
  gafael efo'r bysedd bach 'na
  a chanu'n ôl efo llais main, tena.
Yr un fuost ti'n dymuno'n daer
amdani, Alaw dy chwaer.

Cyfoeth dy daid a'th nain yw rhannu hefyd
yr haul a'r c'nesrwydd yn dy wên
i doddi'r rhew a ddaw wrth fynd yn hen,
ti a Lois a Twm a Siôn yw'n hollfyd.
  Bod yno i brofi yr eiliada,
  a'r wefr sydd yn yr holl ddarlunia
  fydd ar ein cof am byth yn argraffiada.
Tithau'n ein hudo ni â'th swyn,
drysor mawr, Alaw fwyn.

Ymroi

Edrycha arni acw'n codi'i llaw
ar Taid a Nain a'i gwên yn llenwi'n byd,
yna yn cropian yn hyderus draw;
chwifio a chwifio, gwneud 'run peth o hyd.

Gwranda arni'n glafoerio'r un hen sain,
'*Da-da, da-da*' i wirioni'i thad yn lân;
gyda'r ailweiddi daw y dweud yn gain,
datblygu wna'n soffistigedig gân.

Ninnau'n gwirioni fel pob nain a thaid
gan annog yr ailadrodd ciwt drachefn
heb sylweddoli bod hyn oll yn rhaid,
ymarfer yw a phopeth ddaw'n ei drefn.

Pob cropiwr bach sy'n rhoi a rhoi bob awr
ei hun i gyd, i dyfu'n gropiwr mawr.

Cyfrinach Taid a Nain

Troedio at Garreg Foel i lawr y ffordd
a hudlath natur wedi'i gwisgo'n wyrdd,
heibio i Benrhyn Du, hen adfail noeth
a nodau'r fronfraith yno'n sychu'r gwlith.

Mwynhau'r llonyddwch a'r tawelwch wnawn,
edrych ar wanwyn arall yn un sglein,
y blagur eto'n agor ar y brigau pleth
a bywyd yno'n gwthio'i ben o'r groth.

Cyrraedd ein cadair hoff ar frig y twyn
gan weld y bae yn llachar grychau cryn,
yr haul yn arian wrth ymagor dros y dŵr,
yn blanced aur ar foresg gloyw'r tir.

Codwn ein dau gan droedio drosti 'mlaen
nes cyrraedd gro a'i grensian glân
gan oedi yno i chwilio a chwalu'n daer
am ein cyfrinach ni mewn cragen Fair.

Traeth Pwllheli

(Ionawr 31, 2013)

Llowcia di'r gwynt fel bara
a'r ysbryd a lifa drosot,
blasa'r heli sydd fel gwin
yn puro'r gwefusau.

Gwêl hynafiaeth Ardudwy
yn ymrithio trwy'r tarth
a llonyddwch Llŷn
sy'n wyryf o wyrdd.

Teimla ronynnau'r creu
yn dy chwipio'n ddidrugaredd
fel y ffawd sy'n dy osod
yma'n awr ar draeth dy dynged

i ryfeddu at rymoedd
natur a mawredd môr,
i synnu at ehangder
awyr a'r cydbwysedd sy'n y cread
cyn y cloffi.

Cerddi Pen Draw'r Byd

i. YNG NGOLWG ENLLI, NOS SUL 09/06/13

Weli di'r wylan uwchben y Swnt
yn taflu goleuni
ac yn adlewyrchu gogoniant?

Mae hi'n rhydd fel awel Enlli,
yn disgyn, yna'n esgyn
wrth ymateb i'r gwirionedd sy'n y gwynt.

Nos Sul, am chwech, yma ym Mychestyn
dyma ti wedi dianc o garchar dy grefydd
ac o hualau'r Bywyd Tragwyddol

at wyrth flynyddol y gorthyfail,
perarogl arhosol blodau'r eithin
a moethusrwydd y sypiau clustogau Mair

i brofi'r Bywyd wrth dy draed,
realiti'r tonnau crych
a thragwyddoldeb yr eiliad hon

ac i ddilyn llwybr y ddafad
gan symud mor araf ag unigrwydd
tua'r dyfodol.

ii. EGIN EIN PARHAD

Mae Trwyn Bychestyn heno'n hepian yn ei hedd
uwchben y Swnt, y sidan glas a'r llif
ac egin ein parhad sydd yno yn y pridd.

A'r oriau bellach wedi llwyr ymlâdd
gan suddo draw dros Enlli i'r llif
mae Trwyn Bychestyn eto'n hepian ddiwedd dydd.

Y blodau eithin hardd fel hen gytseiniaid sydd
yno'n gorchuddio'r tir, a'u twf
yn blanced dros Bychestyn yn ei hedd.

Ond acen estroniaid ddaw i chwipio'r aer fel cledd,
eu geiriau eto ac eto'n lledu dros y Trwyn yn llif
ac egin ein parhad yn gwywo'n araf yn y pridd.

iii. TRWYN BYCHESTYN

Hedd oedd gorwedd ar Drwyn Bychestyn
a llepian tyner y tonnau
islaw.

Hedd oedd gwrando ar Drwyn Bychestyn
ar hiraeth brefiadau
draw.

Gwledd oedd syllu o Drwyn Bychestyn
ar dongryniadau
di-ben-draw

ac edrych ar Enlli o Drwyn Bychestyn
yn gyfoeth o gyfrinachau
a braw.

Nef ydoedd gorwedd ar Drwyn Bychestyn
gan synfyfyrio'r eiliadau
ein dau

yn unfryd yno ar Drwyn Bychestyn,
y dydd a'r oriau'n
byrhau.

O, am gael gorwedd eto ar Drwyn Bychestyn,
anian y don ynom ninnau a hi'n
hwyrhau.

Cors

Un straen a stremp dyddiol yw byw
a'r fignen dan draed yn symud, yn crynu,
yn tynnu, croesdynnu yn erbyn yr ymdrech
i oroesi.

O am gael cyrraedd twmpathau sad
lle mae'r gwlithlys yn gwreiddio
a'r plu gweunydd yn codi'u pennau'n
urddasol

neu sgrialu hyd yr ymylon
at arwedd y grug, surni'r llus
neu sicrwydd y fedwen simsan
i'm cynnal.

Dyrchafaf fy llygaid a gwelaf
un ehedydd yn cylchu'n bell yn y gwagle
yn llenwi'r ffurfafen â'i gân
o obaith

a minna
   yma
      yn suddo
         i'r siglen.

Ras i Fyw

(Crwbanod yn rhuthro am y dŵr ar ôl dodwy yn y tywod)

Nid unrhyw ras yw hon ond
ras goroesi, ras i gyrraedd y môr,
ras i fod, ras i fyw.

Llithro'n wallgo drwy'r tywod,
fy nghoesau fel pistonau
yn symud a symud a symud
a minnau bron yn stond.

Cannoedd o'm cymheiriaid
yn tasgu'r tywod
yn stryglo ac ymlafnio
a'r barcud yn syllu'n brofiadol uwchben
gan chwilio am wendid
cyn disgyn yn ddisymwth fel
eich duw i hawlio einioes.

Ninnau'r gweddill gwyllt
yn cyflymu drwy'r caledwch
i gyrraedd hafan ein gwlybaniaeth,
ymlafnio i herio'n stad.

Atgofion a Dychmygion Doe

(Wrth wrando ar Arabesque Rhif 1, Debussy)

Atgofion a dychmygion doe
yn cychwyn o un eiliad o gofio
ac yn tyfu fesul nodyn
yn un alaw o hiraeth.

Trioled o nodau ysgafn yn dyrchafu'r digwydd
yn un glöyn byw o awen ysgafn;
cyflymu, codi, hofran, hedfan
drwy haul y dyddiau.

Yna gwenyn o syniad yn pigo'r cof
i ail-fyw'r eiliad.

Gwe o gofio'n adeiladwaith gwych
a'r gwlith yn glynu ynddo
fel dagrau arian
i ddal gwybedyn o'r gorffennol.

Gwich rhyw gudyll coch o atgof
yn disgyn yn wefr
o sylweddoli
ac yn drwm ei drawiad.

Y cyfan yn un cresendo
o gynghanedd soniarus sy'n canu yn y meddwl
ac yn glanio ar wyneb brau ein bod
fel gwas y neidr.

Tawelwch

(Wrth wrando ar Serenâd Elgar ar gyfer llinynnau)

Tawelwch a nodau'r llinynnau'n
lleddfu ei ddyddiau. Bodlon ei fyd
mewn byd sy'n berwi o wrthdaro.

Tawelwch gwyrdd y myrdd
miliynau o Gristnogion sy'n ysu
am nesu at eu nefoedd.

Tawelwch dallineb ei hunanoldeb
ef ei hun wrth iddo weld ei nef
heb glywed llef y lliaws dirmygedig.

Tawelwch y digydwybod neu gydwybod
glir y sawl sy'n ffyrnig
o gadwedig o fewn ei gred ei hunan.

Tawelwch wedi llafurwaith a chyn y daith
i'w dragwyddoldeb
ond nid oes neb 'yn ei nefoedd'
lle'r oedd 'popeth yn dda'
ers talwm.

Hen Gyfaill Dyddiau Gwaith

Rhyw linyn oedd yn clymu'r cyfnod maith
rhwng dechrau gweithio yn un naw saith dim
a gorffen yn nau dim un dau,
ac er ei fod yn segur drist
roedd yno'n atgof am ddatblygiad chwim
y cyfrifiadur wthiodd o i ben ei daith.

Byseddell haearn gyda gorchudd clir
a'r QWERTY amlwg, disglair fel y sêr.
Daeth clic clic clic i grafu siâp
nodiadau'r chweched dosbarth ar y croen
fel nod stamp y gorffennol ar y gwêr,
syniadau'r beirniaid yn cyhoeddi'r gwir.

Roedd hwn yn drwm ac angen nerth mewn bys
i bwyso ac i lusgo diwedd lein
i gychwyn yr un nesaf ar ei thaith
fel diwedd oes a genedigaeth ffres.
Mor hawdd yw llithro ar fysellfwrdd ffein
gan lithio gair i'w briod le ar frys.

Un dydd, i Walchmai i'w ailgylchu ef
a'i osod yn ofalus ar y sgip
gan daflu coed a bagiau'n flêr
yn un gybolfa fawr o gêr.
Cyn sleifio oddi yno cefais gip
ar hen ysblander, rhuthrais tua thref.

Siwrna Bora Sadwrn

Tuchan a thuchan
yn fy nghwman yn pedlan
ar feic hogan glas,
y graean yn chwalu
a'r crensian yn gras
ar fy nghlyw.

Herciog ac oediog
oedd y cropian i fyny
er gwaetha'r brys,
y ddwygoes seithmlwydd
yn drwm ar y dradlan
a'r gwallt yn llyfn o chwys.

Clincian resars tai cyngor
yn clochdar ar wib
gan ddangos eu gwerth,
o am anadl ac ynni
i dorri eu crib
â chwistrelliad o nerth!

Lawr allt Erw Felan
a'r awel yn canu'n fy nghlust,
rhyw fentro rhoi chwiban
a'r brain hwythau'n crawcian
a'r beic yn olwyno
ei frys.

Cyflymu, cyflymu a'r coesau'n
ysgafnu yn awr,
mae Bryngwyn yn nesu
a'r galon yn cnesu,
daw gwawr a bore
o nefoedd.

Sadyrna plentyndod
a hafa digysgod yn un,
fy llaw ar yr awen
yn arwain y ferlen,
clindarddach poteli a minna
rêl dyn.

Esgidiau Elusen

Pinc ylwch, a sêr bach porffor,
ia, hogan bach hyfryd hirwallt
wedi tyfu trwyddyn nhw, a'r fam
ddim am gael mwy – ffordd o roi
heb frifo'i phoced, rhoi rhwydd
clirio cydwybod.

Welodd rheina fawr o daclo,
y blaen yn rhy esmwyth a'r styds fel sêr
o loyw. Ylwch mor llyfn 'di'r lledar
ac ystwyth fel y Giggs ifanc;
siŵr i chi fod y breuddwydion wedi breuo
bellach a'r bychan fel
tatan o flaen compiwtar.

Wel ylwch rhein 'ta! Steil mewn stiletos,
be 'di'i hanas hi rŵan tybad?
Ma' hi'n blond o hyd mwn, er gwaetha
brad llwyd y gwreiddia.
Fydd hi'n dal yn llorweddol weithia'n stydio'r sêr
neu a ddisgynnodd pob un fel ei gobeithion
i nos ddu yr oesau?

Wneith rhein i Taid, 'ta ydyn nhw'n
rhy henffasiwn iddo fo hyd yn oed, bellach?
Pâr o brôgs wedi diodda oria 'poer a polish'
hen filwr na wêl 'run seren eto.

Well gin Taid 'drenars', medda fo,
tyd, awn i chwilio am rei newydd.

Esgidiau – eu hanes a'u hiraeth
yn dristwch drostyn,
yn cuddio'u cyfrinachau
fel sêr yng ngolau dydd.

Stori Bapur Newydd

Beth wnaeth iddo wneud?
Pam cadw 'cyllell combat'?
Oedd o'n hen fwriad ganddo'u lladd?

Pam heddiw o bob diwrnod?
Ai clywed y ddau yn chwerthin?
Ai eu clywed yn hapus?

Oedd 'na leisiau yn ei ben
i'w annog a'i yrru,
yn ei bryfocio a'i berswadio?

Glywodd o sŵn y lli drydan
yn bygwth ei annibyniaeth
eto, yn herio'i hapusrwydd?

Ai'r llwydni yn y rhewgell,
tacluso'r fflat a thaflu'r carthion cath
oedd gwreichionen y gynnen

neu ei fodolaeth unig
yn cau fel niwl amdano
gan ei fygu yn ei gynddaredd?

Ai dyna pam y trochodd
y llafn ynddo ef yn gyntaf ac
yna ynddi hi ac y bydd

yn bodoli'i oes mewn cell,
yn pydru ymysg y pwdr,
yn dychmygu brath cyllell

gan ddifaru nad aeth
yn ddyfnach am ei fod yn
clywed chwerthiniad dau?

Cymro Amddifad

Mae perthyn yn
amlgoesiog fel cranc,
yn feddal fel slefren fôr
a'i edau'r un mor bigog
wenwynig weithiau.

Mae iddo
ddrewdod hen lyfrau
a fu'n sugno'r tamprwydd
am flynyddoedd a hwnnw'n
frychni llwyd ar dudalennau.

Blas fel
stwnsh rwdan sydd iddo,
yn llinynnau rhwng dannedd
a'r iau ysgol hwnnw oedd yn
wydn gan bibellau gwaed.

Weithiau daw
ambell wich a sgrech
fel olwynion tro brau
a'r olew wedi hen sychu
ar eu heffaith.

Ond wedyn
daw gwên wrth gofio
troi tawel olwyn gocos
yr atgofion am hen gyswllt tyn
cyn dod o'r sychdwr mawr.

Gwasanaeth Nadolig yr Urdd 2014

Hen gyffro'n aflonyddu'n
y disgwyl dan y fron,
hen ddisgwyl yno'n gloywi'r
wynebau ifanc, llon.

Hen eiriau sy'n sirioli
pob plentyn yn ei dro,
hen donau sy'n llawn gobaith
am anrhegion ganddo Fo.

Hen wên wynebau ifanc
lonna'r wynebau hŷn
ac atgofion am ers talwm
ym meddwl rhain, bob un.

Pob plentyn yn perfformio
gan roi o'i orau glas,
pob ymdrech yn gwefreiddio,
pob un yn teimlo ias.

Ac eleni fel pob blwyddyn
daethoch â lliw i'r Ŵyl
yn y lleisiau fu'n atseinio
a'r wynebau'n sgleinio'r hwyl.

Am roi brethyn newydd eto
dros stori garpiog, hen,
diolch blant a'r holl athrawon
roddodd syʼwedd yn y wên.

Eiliad wych o weld oedd

Ddechrau'r pnawn ar bont Downholme
   mewn un eiliad dragwyddol
      gwelais dymherau'r awen . . .

yn osgo amyneddgar y crëyr
   yn disgwyl a disgwyl yn daer
      gan wyro ac yna araf
         droi a syllu draw
            i ddisgwyl eto am ddelwedd
               y gwir yng ngrisial y gair . . .

ci dŵr oedd yno'n codi draw
   gan sibrwd lithro'n osgeiddig
      o garreg i garreg y geiriau;
         syniad, trochiad, troi
            yn llithrig dan y llethrau,
               ailymweld â chraig lem
             a dowc odani
                 yng nghrisialiad syniadau . . .

ac i goroni'r awr
   o lan i lan aeth fflach las,
      awen o ddart ar awel
         yn wib syn o syniad
            mewn gwisg annisgwyl,
               eiliad wych o weld oedd.

A'r cyfan ddechrau'r pnawn ar bont Downholme
tua'r un pryd ag y gwelwyd cyrff Jessica Chapman a
Holly Wells.

I Wil

Yn y 'Crëyr' mae oriau'r creu
a'r artist yn toddi'n llonydd
i'w gefndir.

Ai rhith yw hwn,
y bod afreal ei gamau gofalus
sy'n gweld tu hwnt i'r gwyll
y tegwch sy'n uwch na'r tarth
a gwefr y goleuni prin?

Ai yma y gwelaist ti, Wil –
Hen Siop Pengarnedd a'r Wheelie Bin,
Trogog a'r tarw coch,
Cytia Cwyfan, Big Bales Pencefn,
dadrith diwydiant ym Mhen Lloegr,
y defaid a'r gwyddau i gyd,
yng ngoleuni'r haul trwy'r cwmwl
neu'n cwafrio yn sancteiddrwydd llonydd
yr eglwys fach?

Yn eiliad ysbrydol y gweld
mae gwewyr y creu
yn gryndod o ganfod.

Na, nid crëyr sydd yn y llun,
Wil ei hun a welais.

Tair Cerdd i Henaint

i. WEDI'R STORM

Pelydrau'r heulwen yn pefrlonni'r don
a'r wyneb llyfn yn llenwi'r dyddiau glas
pan nad oedd ymchwydd bychan ond
cynhyrfiad llon
cyn dyfod dyddiau blin y tonnau ar ras.

Pan fyddai'r cefnfor yn brigdonni'n wyn
atgofion ruthrai tua'r lan yn haid
yn sgubo'n unwedd fel plancedi cryn
gan gyrraedd glannau'n gof-rôl-cof di-baid.

Trannoeth y stormydd hyn, roedd cnoc
y don doredig yn morthwylio'r lan
gan hyrddio'r gwymon rhydd, plastig a broc
gyda'r diferion brau'n ddigyswllt i bob man.

Fel rhannau o gof ar chwâl, mae yntau'n gaeth
i'w heddiw brau a'r dagrau heilltion ar y traeth.

ii. ONNEN RHIW

Ar ochr ddwyreiniol Mynydd y Graig
mae etifedd y gwynt a'r blynyddoedd
yn glymog, ganghennog

fel yr henwr ymlwybrai ar Fynydd y Graig
a'i osgo'n bradychu'r blynyddoedd
yn garpiog, esgyrnog.

Gwelodd Borth Neigwl o Fynydd y Graig
yn euro holl oriau'r blynyddoedd
yn oludog, fawreddog.

Heno mae'r gwyll ar ben Mynydd y Graig
a'r dagrau ar ruddiau'r blynyddoedd
yn ddaufiniog o niwlog.

iii. EIDDEW
(I hen furddun o sgubor a'r eiddew'n drwch drosto)

Anghofio   enwa i ddechra
trefydd   cyfeillion
llefydd   planhigion
ac eiddew'r dirywio'n
dringo drwy'r eirfa,
geiria'n   araf   yn ffurfio.

Eiddew'n   twchu
cydio'n y cymrwd
gwasgu o garreg i garreg
tua'r bargod   yn gaeth
i'w natur   ymwthiol
ei hun.

Stormydd yn   dadfeilio'r strwythur
trawstia a thulatha'n chwilfriw
llechi'n doman;
dibwrpas yw drws   i agor hen gof
llygod blynyddoedd   fu'n llarpio
ac amser   yn bylchu   cadernid.

Creiriau

Addewid bob blwyddyn am dywydd braf
   oedd clywed cog a'i deunod newydd sbon,
ond ofer gwrando nawr ar drothwy'r haf
   am eco'r gwcw yng Nghoed Hafod Lon,

ac ofer gwrando am ehedydd sydd
   yn bwrw'i nodau newydd dros y rhos
neu gri o hiraeth dwys y 'bugail cudd'
   sy'n fferru'r enaid ac yn oeri'r nos.

Diflannu wnaeth y ras rhwng rhenciau syth
   i gyrraedd basged c'nwswd cyn y criw
neu i weld y llygod deillion yn y nyth
   yn gorwedd yno'n noeth heb siw na miw.

Heddiw, mae'r dyddiau hyn i'r cof yn grair
fel adar ddoe a phlant y pentre mewn cae gwair.

Cyfarch y Prifardd Llion Jones
(Yn ei eiriau ei hun bron)

Pan oedd aberoedd plentyndod
    yn goferu'n fwrlwm
        gan oreuro
            traeth dy fabolaeth di

a phan oedd bywyd yn ddim ond
    sgimio'r cerrig gleision
        a'r haul yn chwalu'n sofrenni
        ar ddafnau'r don,

disgynnodd y diferion
    i bair yr awen
        i ffrwtian uwch y fflam
            wrth ganu geiriau berw'r byd

a chawsom
    ddelwedd ar ddelwedd dy feddyliau
        yn fflach lachar
        ar sgriniau'r gwyll . . .

. . . hen flaidd wedi'i gloi yn ei flys
    a dyn yn brae i'w warchae ei hun,
        ei drachwant, a'i chwant o chwaeth,
            yn cael ei wasgu yn nhrap ei glyfrwch.

Do, sylweddolaist tithau, fel dy eilun gynt,
    mai'r cerrig gleision
        sydd yn sgimio ac yn sgeintio'r tonnau
        ydym ni bob un.

I Bill

Yn gynnar ym more oes yr iaith Gymraeg
daeth geiriau fel gwlith
a chystrawennau'n we ddisglair
i gydio gair wrth air
gan daflu gwefr o wlybaniaeth byw
i befrio yn yr haul.

Wrth i'r gwlith sychu
ac i gysgodion diwedd pnawn grynhoi
doist ti a'th dîm
eto i drydaneiddio'r gair
gan wefru'r holl gysgodion
â goleuni gobaith
i herio'r nos.

Ceidwaid y Goleudy
(I griw Canolfan Bedwyr)

Ganrifoedd yn ôl . . .

    hwyliai'r Gymraeg drwy'r moroedd,
       mastiau o gystrawennau,
          cytseiniaid cadarn fel deri
             a llafariaid fel efydd o loyw . . .

    môr-ladron yr oesoedd
       yn hawlio synau a geiriau
          a fu'n tincial wrth chwyddo'i chyfoeth . . .

    llenyddiaeth yn llenwi'r howld,
       geiriau'r cyfreithiau mor gywrain
          â'r siartiau a'i harweiniai ar ei ffordd . . .

    digon o awel
       yn anadl ei siaradwyr
          i'w hebrwng i bedwar ban . . .

ganrifoedd yn ôl.

Heddiw . . .
    croeswyntoedd blin
       sy'n ei gwthio at y creigiau
          a dim ond wincian gwan y goleudy
            a'i cadwodd rhag dinistr.

Chwithau'r gofalwyr
    yn tendio'r gloch ac yn gloywi'r copr
       i'n cadw rhag seiniau'r cnul.

Buoch yn gweini gofal,
    yn llef trwy'r niwl
       ac yn fflach trwy'r gwyll.

Menna

Gofi di gynt y gerdd
a welai'r gair ym more oes yr iaith
fel gwlithyn yn disgyn i dir?

Daeth haul y dydd
i'w codi fesul un
gan ddifetha'r rhamant
cyn i gymylau hydref hir
gyniwair
ac i wŷn disgyn y dail
ddod i'w harteithio.

Sgrech gwahanu,
iaith yn diflannu
fel hen chwedl.

A daethost tithau i oes arall
i gasglu'r geiriau gweddill
a grogai fel dagrau
ar frigau'r Rhagfyr noeth
yn gronfa fyw.

Rhoi Gwerth i'n Chwerthin

(I'r Parchedig Emlyn Richards)

Yn nyddiau dy blentyndod
　　rhwng Mynydd y Rhiw a Charn Fadryn
　　nid oedd angen rhyd ar afon Soch
　　i'w hamddiffyn.

Roedd crensian ei chytseiniaid
　　yn groyw yn y graean
　　a glendid yn ei gro,
　　ei henaid yn llifo'n gystrawennau
　　o gof a gobaith
　　a'i chân yn dawnsio
　　tua'r Aber.

Ond heno, cryg yw'r Wygyr
　　a thithau'n trafod rhwd yr arfau
　　i amddiffyn y rhyd.
　　Gwaywffon dy eiriau sy'n gloywi'r gwyll
　　ar lan ei dyfroedd llwyd
　　a chadernid dy darian
　　sy'n herio'r ymosodiadau.

Do, rhoist werth i'n chwerthin
　　yng nghof y profiad
　　a hidlaist yr heli o'n dagrau
　　mewn darlith a marchnad,
　　mewn pregeth ac mewn print.

A phan fyddi eto'n clywed
　　chwerthin ifanc yn y gwynt,
　　neu'n teimlo'r glendid newydd yn y glaw,
　　cofia dy ran yn hogi'r geiriau
　　ac yn gloywi'r arfau gwlych.

Cofio Meri

I lyn llonydd eich dagrau
gollyngwch eich hiraeth
fel carreg.
Edrychwch ar y cylchoedd
sy'n lledu a helaethu
fel gwaneg.

Dyna'i dylanwad
fu'n ymestyn a threiddio'n gynnwrf
i gylchoedd ei bywyd,
yn wraig, yn fam,
yn nain ac athrawes,
yn fwrlwm o nwyd.

Bu'n denu pawb i hud ei hynni
trwy gymell a chynnal
â mawredd ei chalon
ddiwylliant ei gwlad, ei Duw
a thraddodiadau byw
yr hen iaith hon.

Ac ydi, mae Elvis heno
yn llawen ei wedd
ac yn sicr ei sain
yn canu'n halawon
ac yn geirio'n groyw
i gyfeiliant nain.

Pan fyddo'ch atgofion
yn niwl yn eich llygaid
ac yn wlyb ar eich grudd,
daw alarch ei henaid
yn brydferth, osgeiddig
i oleuo'r dydd.

Er cof am Arwyn

Cysgodion ar y cefnfor,
llong llawn galar
rhwng pelydrau'r haul
a'i berlau.

Trochi a brochi
wna'r tonnau hyd y traeth
a'i long yn froc
wedi'r trai.

Cofiwch chithau'i haul
yn pefrio'i winc
a'r gwreichion byw'n
cynhesu'r crychni.

Edrychwch ar y machlud
yn harddu'r gorwel
a'i wrid urddasol
yn addo yfory yn ei waddol.

Hyd lwybrau Moelfre
clywch ei chwerthin ar yr awel
a lle mae'r tonnau crych yn llepian
gwelwch ei wên.

Ond dan y don
ym miri'r dyfnderoedd
mae ynni'n parhau einioes
o oes fer i oes.

I 'Ned' er cof am Gwyneth

(ac i gofio'r cydweithio hapus)

Cofia y dyddiau hapus yn ei chwmni hi
pan fydd atgofion lu yn wyntoedd blin,
a'r haul drwy'r cwmwl ddaw i'th fywyd di.

Cofia ei bywyd llawn a'r parch oedd iddi
yma ac acw ac mewn ambell wlad tu hwnt i'r ffin
lle cofiant ddyddiau cynnes yn ei chwmni hi.

Bydd, fe fydd dyddiau tywyll pan ddaw'r lli
yn ffrydiau heilltion, bydd eu min
yn naddu'r haul. Y cwmwl yn dy fywyd di

fydd yno'n cuddio'r awyr las, yr hwyl a'r sbri
a gawsoch gynt yn nyddiau'r haul a'r gwin
gan d'wllu'r cof am ddyddiau hapus yn ei chwmni hi.

Bryd hynny, cofia ei gwên a'ch cariad chi,
y dyddiau da, y bywyd llawn a'r hin
pan oedd yr haul yn danbaid yn dy fywyd di.

Yn awr, mae cyfoeth yr atgofion hael, di-ri
gen ti yn gysur. Drwy'r holl oriau crin
cofia di'r dyddiau hapus yn ei chwmni hi
a haul blynyddoedd ddaw i'th gnesu di.

Cofio'r dyddiau da

(Er cof am John 'Tanfynwant', Llandegfan)

Pan fo awelon lleddf yn chwythu'n flin
gysgodion canol dydd rhwng crys a chnawd
rhaid cofio'r dyddiau da a blasu'r gwin.

Cofio y rhai fu'r misoedd hyn yn plygu glin
a byddo'u geiriau'n gysur i ti, frawd,
pan fo awelon lleddf yn chwythu'n flin.

Rhyfedd yw'r bywyd hwn, cleddyf dau fin
weithiau yn cosi, weithiau yn torri'r bawd.
Cofia di'r dyddiau da a blasu'r gwin.

A byddi'n gofyn, 'Pam mae bywyd yn fy nhrin
fel hyn?' Ni'th feiwn fyth am regi ffawd
pan fo pob awel leddf yn chwythu'n flin.

Pan fyddo dail dy brofiad wedi sychu'n grin
a'r gwyrddni gynt yn ddim ond atgof tlawd,
rhaid cofio'r dyddiau da a blasu'r gwin.

Cofiwn bob un, daw inni oriau croesi'r ffin
a waeth pa bryd y down at ben ein rhawd
pan fo'r awelon trist yn chwythu'n flin,
cofiwn y dyddiau da, blaswn y gwin.

'Nid yno'r wyf' i gofio Em

Pan fyddi'n loetran wrth fy medd
a dagrau'r awel yn anwesu'th wedd
cofia nad yno'r wyf

ond yn y wawr sy'n gwanu'r nos,
yn nhrydar adar, neu yng ngwlith y ffos
yn atgof fwyf

ac yn y pabi balch sy'n gwrido'r gwrych
a'r tatw newydd sydd yn wincio o'r rhych,
gweli fy nwyf,

neu yno'n gryndod gyda'r cudyll uwch y cae
a chyda'r llygod yn eu hofn a'u gwae,
yn nwfn fy nghlwyf.

Cofia i mi ymlafnio i lunio cerddi hardd,
hadau yn eiriau, rhychau'n fydrau i fardd,
yn gyson, syth

a sgwennu stori fer fy oes â llafur llaw
fydd yno yng Nghoed Catrin i'r cenedlaethau
ddaw'n gofadail fyth.

Pan glywi di'r gylfinir â'r hiraeth yn ei gri
yn hedfan uwch y Castell, fan honno fyddwyf fi'n
cynhyrfu hedd

ac yn dy holl atgofion am fy helyntion hen,
yn symudiadau Catrin ac yn llechu yn ei gwên
a'i gwedd.

Nid yn y bedd.

Cofio Catrin

Os deui byth i oedi uwch fy medd
Ac ing a hiraeth yn cynhyrfu'r hedd,
Cofia fy nwyf.

Cofia nad fi sydd yno yn y gro,
Fy ysbryd i a'r holl atgofion sydd ar ffo –
Nid yma'r wyf.

Chwilia amdanaf pan fo'r nos yn toddi'n wawr
Neu'r machlud derfyn dydd yn anfarwoli'r awr,
Yno y bwyf.

Wrth wrando ar giglo'r fôr-wennol a'i chri
Sy'n llonni Bae Cemlyn, a glywi di fi'n
Llawn nwyf?

Neu yn y pelydryn sy'n torri trwy'r cwmwl du
I ddawnsio am ennyd, yn wefr uwch su
Y don,

Gan droelli a phlethu ag eraill, yn sioe
I sigl a sain a chyfeiliant ein doe
Yn llon.

Ac yno'n Lôn Cana uwch carped y clychau glas
Yng nghoch bendigedig y ffesant, sy'n ias
Fel erioed.

Yng nghynnwrf adenydd sy'n curo wrth godi'n rhydd
Uwch poethder a blinder a meithder y dydd
Drwy'r coed.

Paid byth â dod i ollwng dagrau uwch fy medd,
Ond gad i hwyl a chwerthin yr atgofion darfu'r hedd.

I Aeron

Pan lithra dafnau'r nos yn slei rhwng crys a chnawd,
    Yr iasau'n llu fel gwayw llym i lawr dy gefn,
Pan fyddi eto'n methu deall pam, gan regi ffawd
    A'th feddwl yn mynd dros yr un hen dir drachefn;
Pan fydd pob atgof melys yn troi'n wermod sur,
    Pob harmoni a hwyl yn ddisgord cras,
Pan fydd pob disgwyl yn ei dro yn dod â'i gur,
    Tithau'n anniddig fel petaet ar gychwyn ras;
Cofia di'r iasau a roist i genedl trwy dy gân
    A'r wefr, fel llafnau heulwen yn goleuo dydd
Cydnabod a dieithriaid gwlad yn ddiwahân,
    Cofia di'r awr ac yno i'th gysuro y bydd.
Ond cofia hefyd bryder tad a gofal mam
Sy'n troi a throsi'r nos heb ofyn pam.

Sian

(I Gruffydd, Heledd a Morfudd)

Cofiwch y wên a fydd yn sychu'r gwlith o'ch grudd
a'i geiriau seithliw enfys trwy eich byd,
y hi fu'n plannu'r lafant yn y pridd
a'i arogl mwyn yn perarogli ffroen o hyd.
Pan ddaw cymylau'r cof i grio'u cerdd,
byddwch yn graig fel 'run fu yno ichi 'rioed
ac eto uwch eich pen bydd deilen werdd
yn siglo yn hyderus yn y coed.
Ti Sian yw'r 'darn o haul fu'n tyfu yn tŷ chi'
a ti oedd gwres y gwanwyn yn yr had.
Ti fu'n gynhaliaeth ac yn nerth i'r tri
a'r cof amdanat iddynt yw'r parhad.
Heddiw, y cysgod ar y mur sy'n loyw lân
a'th fywyd sydd yn gyffro yn dy gân.

Wedi ei seilio ar rai o ddelweddau Sian ei hun yn ei cherddi.

CERDDI I BETH O GYNNYRCH CELF EISTEDDFOD GENEDLAETHOL YNYS MÔN 1999

Yr artist

Cest ddu gan 'raderyn, a'r melyn o'i big
a phob math o wyrddni o'r llwyni a'r wig,
graddliwiau y machlud yw pob oren a choch
a daw llwydni'r storm trwy'r taranau croch.

Holl gyfoeth y sbectrwm, ei gymysgu'n wyn,
glas dwfn ddaw o'r awyr, a'r lliwiau hyn
sydd i'w gweld ar dy balet cyn sgwennu dy gân
â gwyrth dy ddychymyg ar gynfas glân.

Yr artist geiriau

Daeth syniad i'th feddwl o'th echdoe dy hun,
ansoddair, arddodiad ac adferf cytûn,
delwedd dameidiog o'r fan hyn a'r fan draw,
syniadau sy'n gynnwrf ac yn codi braw.

Darn o adnod o'r Beibl, neu o'r Koran,
ffrwydrad o linell, elfennau o bob man
sy'n plethu i'w gilydd, yn cymysgu'n dy ben,
a daw'r geiriau yn llun ar dudalen wen.

Y ddau

'Run chwilio am ddelwedd; un hagr neu hardd
a'r un gwirioneddau gan arlunydd a bardd.

6721

(6721 gan Ogwyn Davies)

Ie, ie, canai'r chwe mil
A roddodd obaith parhad i hil.

Ie, ie, bloeddiai'r saith gant,
Fe fydd dyfodol nawr i'n plant.

Ie, ie, llefai'r ugain,
Lli o lef yn lle wylofain.

Ie, ie, sibrydai'r un,
Adferais fy hunan-barch fy hun.

Ie, gwaeddwn ninnau'n groch,
O'r winllan cawn erlid ysbrydion y moch.

Ac ie, meddai'r Gwynfor hen
Wrth guddio pob siom â heulwen ei wên.

Ie, crygleisiai'r tri o'r bedd
Pan ddaeth hudlath Myrddin â gwrid i'w gwedd.

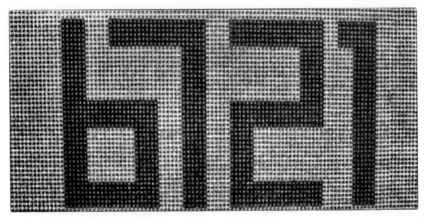

6721 gan Ogwyn Davies

Côr o Nodau

(Côr o Nodau gan Catrin Williams)

Cneuad yw'n parhad heno
ac *yn y plyg*, daw annhebyg yr hil
trwy 'ie' eu dyhead
yn un.

Tri thoriad sy'n uniad inni
a gwerin fu'n anhydrin rhy hir
yng ngoslef eu bref sy'n braidd
eto.

Cymru'r comin fu'n cynefin ni
ond o'r hendref a'r dref draw
daw 'goroesiad' a 'pharhad' yn rhan
o'n geirfa'n ôl.

Fe ganwn yn un genedl
â stadiwm mileniwm o lef,
bwlch plyg oddi tani neu fwlch plyg oddi arni,
mae'r nodau'n gôr!

Côr o Nodau gan Catrin Williams

Y Gymraeg 7, Y Saesneg 5

(Saith Llafariad gan Tim Davies)

Wy yw wy
a dim byd mwy
ond trwy y ddwy
lafariad, cawsom lwy
a phoptái nwy
a diodde clwy'n
anffodus.

A'r mawredd yw
mai (h)wy rydd ddryw
i goethi'r clyw
a Siarl, cyw llyw,
a nwyd a rhyw
i harddu'n byw
wrth lwc.

Ac un pnawn Sul yn Wembley dro
Petai pwynt yn hi yn lle yn fo
Ar ôl y chwys, y pwyo a'r brwydro
Byddai Cymru wedi llwyddo i guro
O dri deg dwy i dri deg un.

Ond erbyn heddiw, waeth i chi p'run,
Y pwynt yw hyn, ac mae o'n ffaith:
Y Saesneg – pump, a'r Gymraeg – saith.

A dyna ni 'di cael dwy fuddugoliaeth.
Ond wy yw wy
                    er hynny.

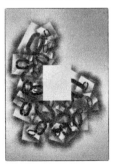

Tim Davies, Seven Vowels (Wild and Scattered) 2000

Gwe

(I ddau waith gan Lois Williams: 'Cofiant' ac 'Osgo Byw')

Plethen, gwifren mewn gwêr,
label, pêl, poteli;
pob un a mwy yn gonglau sidan main
yng ngwe'n hatgofion
ac yn ein dal am eiliad
i gicio'n gaeth yn erbyn amser
cyn daw'r farwolaeth fawr
i brofi ein bod unwaith
wedi byw.

Pob tudalen wedi'i darllen,
pob un â'i rhan
yng ngwead y dirgelwch;
hen amlen, malwen, mynydd iâ,
y gwellt, y gwlân,
yno i'n rhybuddio
y daw dydd
pan fydd y geiriau'n garpiau
a phennau'r edau'n rhaflo'n rhydd
fel gwe'n y gwynt.

Osgo Byw gan Lois Williams

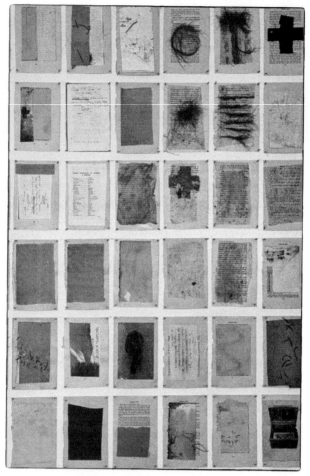

Cofiant gan Lois Williams

Môr Iwerddon

(Myfyrdod ar Fôr Iwerddon a'r môr mewnol gan
Iwan Gwyn Parry. Cyfres o luniau bychain o draethau a
moroedd Cymru ac Iwerddon.)

Glas yn boddi mewn dyfnach glas,
fflachiadau'r miloedd llygaid,
diamwntiau'r dwfn
sy'n sgleinio'u haddewidion.

Mân donnau crych yn cosi glan,
yn mwytho'r gwyryf llyfn o draeth,
a'r pwythau o bolion ffens
yn ceisio atal ymchwydd gwyllt y gelltydd.

Anwadal ydyw tonnau nwyd
sydd heddiw'n llanw o serch ar draethau Môn,
yfory'n cusanu hafnau Erin,
yn ceugrynu goleuni
neu'n ceugrymu'r llwydni
gan ddyrnu'r glannau
â dicter yr euog
neu euogrwydd y dig.

Anneall sy'n fflachio
yn llygaid gwyrdd y ddwylan,
wrth weled trais y tonnau
a llysnafedd yr anterth
yn glynu yn eu glannau
wedi'r weithred.

Aflonydd yw cywilydd caeth
y ddwy sy'n caru'r un,
a'u dial ar y don.
Mae'n unwedd â dialedd dau
wirionodd gynt ar Franwen.

Ffurfiau
(I waith David Binns)

Ffurfiau a siapiau
   sy'n bensaernïol bur,
      yn llinellau mawreddog
         ac yn gafn o gyfrinachau.

Pob un yn greadigaeth dyn
   wedi'i weithio mor esmwyth
      â cherrig mân y môr,
   wedi'i lifanu a'i lathru
gan dywod a dawn y don.

Y llaw yn llyfu drostynt
   fel yr udo sy'n llithro'n llyfn
      o enau blaidd yr eira.

Yn ffrwtian dan yr wyneb,
   mae'r brychni'n gancr
      ac anesmwythyd yn mudferwi'n
         llawn dicter llonydd,
      wedi'i rewi radd yn is na'r ffrwydro,
   eiliad cyn llef orgasmau greddfol
blaidd a bleiddast.

Ffurf porslen sgwâr, tyllog gan David Binns

Pen

(Sublimation [Trosgyfeiriad] gan David Cushway)

Bu hwn
    fel Crist
ond nawr mae'n wag,
    fel bedd
neu fel cast plastr ohono'i hun
neu rith o rywbeth
na wyddom
    na'i darddiad
    na'i ddiwedd.

A fu'n difaru'i fyw,
    yn dyheu am hon
        a ddiflannodd
        fel gwyrth y dafnau gwlith
    neu'r hyn na wnaeth
    neu'r hyn
        a wnaeth?

A dyma'i ddatgymalu mawr,
    y toddi'n ddim
        a ddaw ryw ddydd
            i ti a mi,
y clai'n datgelu'i rinwedd,
    yn datgysylltu ronyn wrth ronyn mân
        nes na fydd mwy ond gwaddod
            gwaelod gwydr-amser

a ninnau'n ddim,
    ond cysgod prin o'n bod a'n byw
        fel Crist,
neu rith o rywbeth
yn y gwyll.

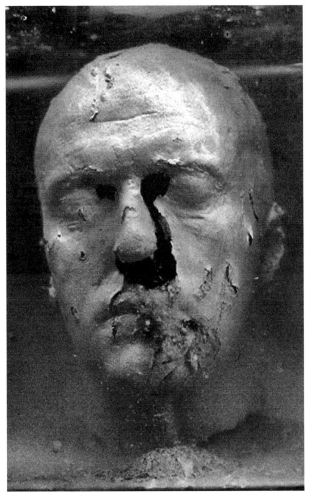

Sublimation *(Trosgyfeiriad) gan David Cushway*

Dydd y Farn

Cysgodion y gorffennol
　　sy'n glustiau i gyd
　　　　fel sgrech o'r sgrin.

Y bwystfil yn ein gwead
　　fel rhagfarn o farnwr
　　　　sy'n collfarnu'i anian ef ei hun.

Yr afal a fu'n felys
　　yn eiliadau'r ildio
　　　　sy'n chwerwi'n eirias.

Yng ngharn y Farnwraig
　　â holl nerth ei rhyferthwy
　　　　bydd Barn.

Ac os dowch chithau heibio toc
fe welwch Ddyn 'di colli'i . . .

bopeth!

Dydd y Farn gan Gustavius Payne

Cilgwyn

(Cilgwyn gan William Selwyn)

Stad y meddwl
   yw pob tirlun,
      meddai rhyw athronydd.
A dyna yw hwn i mi.

'Mi ddalia i am bennog'
   mai ychydig yma'n awr
      a allai sôn am 'warpaig'
mewn Cymraeg go iawn

gan mai tywyll yw'n heno
   a phob un ohonom
      sy'n suddo i rigolau hyn o fyd
er bod y lôn yn wen o hyd.

A faint sy'n cofio'r
   cyfarfodydd plant
      a cherdded ar ei hyd
i'r Alltgoed Mawr

neu faint o bobl y tai hyn
   â'u talcenni'n grechwen o anobaith
      a glywodd am Nanw Siôn
yn rhynnu dan eira amser?

Yr un yw'r tirlun nawr
   yn heth yr hwyr,
      ond dowch da chi o'ch tai
i gyrchu tua'r gorwel.

Cilgwyn gan William Selwyn

Henaint

(I waith Eleri Jones)

Mae'r cynllun yr un ag erioed,
eiliad dan lif y golau
a'n hanfon i'r cyrion,
i gysgodion y chwarae
i ddisgwyl yr *exit*.

> *Bywyd yw cael fy mwydo*
> *a dwy daith fer i 'ngweithio,*
> *y treib yn galw heibio*
> *unwaith neu ddwy y mis.*

> *Oriau o synfyfyrio,*
> *yfed fy nhe a chofio . . .*
> *anghofio ac anghofio,*
> *dirywio o ris i ris.*

Rhowch i mi eto ran
mewn drama go iawn
lle caf wylo'n iach
neu chwerthin dagrau
a lle bydd geiriau'n llifo
wrth i mi gamu'n fras
ar draws y llwyfan
cyn bydd y llenni'n cau.

Un o weithiau Eleri Jones

Shifft
(I waith Tim Williams)

Nos o silicosis
a'i gafael ar ysgyfaint
yn gŷn o gur.

Fflach o fflem,
a chadwyn y clogwyn sy'n cloi
cof y cenedlaethau caeth.

Daw sgwrsio ac eco'r giang
ag eiliad golau
i ogof eu hatgofion.

Yn ust hir y distawrwydd
mae ebwch o dywyllwch dur
a nos o iasau.

Abyssinia *gan Tim Williams*

Chwa

(Ar ôl ymweld â chartref nyrsio)

Syllu i'r gorffennol pell a wna
y rhai sy'n cadw eu hatgofion yn eu llygaid hen,
ac weithiau awel gynnes ddaw â'i chwa
i fwytho gwedd am eiliad fer â gwên.

Mae rhai sy'n cuddio eu hatgofion yn eu llygaid hen
fel gwiwer goch yn cuddio'i chnau
ac i fwytho gwedd am eiliad fer â gwên
daw darlun du a gwyn o ddau.

Fel gwiwer goch yn cuddio'i chnau
mae cudd eiliadau oes ynghudd mewn stôr
a darlun du a gwyn a ddaw o ddau
o bellter byd ym mhen draw'r drôr.

Mae cudd eiliadau oes ynghudd mewn stôr
atgofion, nad yw'r cof yn llwyddo i'w cael
o bellter byd ym mhen draw'r drôr,
mae'r lluniau weithiau yn rhy wael.

Atgofion nad yw'r cof yn llwyddo i'w cael
mewn merddwr, yno'n llonydd yn y llaid,
mae'r lluniau weithiau yn rhy wael
a niwlog, angof ŷnt o raid.

Mewn merddwr mae, yn llonydd yn y llaid,
a dim ond syllu i'r gorffennol pell a wna,
ond o niwloedd yr anghofrwydd daw heb raid
weithiau, ryw awel gynnes, fwyn yn chwa.

Ystafell fyw Crud yr Awel

Stafell eu henaint wedi'i gadael nawr
Yn llawn darluniau tyner yn y co,
Y carped gwyrdd fel porfa ar y llawr
A Nain yn gloywi'r dodrefn dro 'rôl tro.
'Rhen arfer ym Modwrdda ddyddiau fu
Pan fyddai'r gweision allan ar y tir,
Hyhi'n bodloni'r feistres yn y tŷ,
Fynta yn slafio i'r giaffar oriau hir.
Boreau ymddeoliad yn llawn haul
Ar luniau'r cysylltiadau ar y mur,
Pob diwrnod yn ymestyn yn ddi-draul
A'r oriau yn ymagor yn ddi-gur.
Do, cafodd Nain a Taid fwynhau y gwin
Cyn dyfod cysgod nos a'r dyddiau blin.

Er Cof am Nain

Mewn chwe ochenaid
bwrlwm bywyd
yn llifo heibio'r llen.

Y machlud yn gynnes
ar ffenestri Gwenallt heno
ac Aberdaron yn llithro o'ch gafael
fel plentyndod
yn un ochenaid hir.

Ochenaid arall
fel ynni'r troedio hwnnw
trwy'r barrug neu'r niwl
i dynnu ŵyn eich cynhaliaeth,
neu'r camu trwy'r caddug
gyda buches eich bywoliaeth.

Yna, ochenaid eich gwarchod
yn ysgafn fel gwyfyn,
yn gyson fel tician amser
yn gofalu am wyrion
a'u bwydo'n ddarbodus

ac ochenaid curiad cariad
yn y gwarchod defodol wrth fwrdd Taid
yn y tollti te a'r troi,
yn y treiffl a'r trefnu,
y gofal a'r ymgeledd.

Ochenaid mwynhau
ymddeol ac ymddatod
y blynyddoedd cyntaf hynny,

cerdded, ymweld, a'r daith i
Aberdaron yn bererindod gyson
yn y corff ac yn y cof.

Yna, ochenaid olaf einioes
yn eich gollwng o'r gwae,
yn rhydd yn awr o'r blinder
a'r ysbryd yn dianc fel colomen
i ddyddiau eich dyhead.

Mam a'i Chenhedlaeth

Carcharor i'w thynged
wedi'i chadwyno i'w chegin
fel gweinidog i'w gred.

Llygaid y ddau dap
yn syllu i'w henaid
a'r dŵr yn bur ar bob brych.

Trochion rhaeadrau'r ffydd
yn cannu'r pechodau
cyn i'r golomen gyrraedd.

Bybls ei bywyd
yn seboni trwy'i dwylo
cyn cylchu'n ddin: i'r twll.

Terfyn

Edrych arnynt
â'u cefnau at y pedair wal
yn syllu'n fud trwy wyll
ar wacter eu dyfodol,
fel mamogiaid hysb yn mochel
dan glawdd terfyn
a chaglau oes fel hen atgofion brwnt
yn glynu yn eu gwlân.

Caeth ydyw'r naill i'r corff
sy'n llyffetheirio'i mynd a'i dod,
ond mae'n urddasol herio'i cholli urddas
fel haul min nos o haf
a'r mwsg a'r minlliw'n harddu'r gorwel
cyn y machlud.

I gof mae'r llall yn gaeth,
a hwnnw yn ei hysio
i stompio'n syn ym merddwr ei meddyliau

gan grefu am ei mam,
a chamu weithiau i haul ei hatgof,
weithiau yn crynu yng nghysgod hir ei hwyr.

Caethion yr awron ydym oll
a'n dyddiau'n tician tua'r tywyllwch.

Ai i hyn?

Ai i hyn, fy nhad,
    trwy sglein eich llygaid swil y buoch chi
    yn llgadu'r ferch ar ei hwythnosol daith
    i bostio ac i estyn cip ei llygaid cu
    fel fflach o fflam cyn tanio'n
    goelcerth o gariad?

Ai i hyn y buoch chi
    yn gwau sawl gwaith mewn gêm
    rhwng hwn
    a heibio hwn â sydyn hwb
    cyn gosod pêl yn nhop y rhwyd
    fel crefftwr cain?

Ai i hyn, fy nhad, yn Werddon gynt
    y buoch yn reidio trwy y gwyll
    yn dilyn golau eich gobeithion brau
    am fyw i fod yn dad
    cyn gweld y machlud dua 'rioed
    yn gwawrio'n rhimyn main yn nudew Ffrainc?

Ac ai i hyn yn nhraeniau bara'ch byw
    â'r glaw yn gloywi'ch gwedd
    y buoch yn gwau
    tapestri o stori
    ac ar ei chanol
    ni ein tri a Mam a chi?

Ac ai i hyn y buoch chi
    yn plygu gwair y llwybr cul
    i wisgo carped y sêt fawr yn foel
    yng nghynteddau'r Tad

na sonioch fawr amdano
yn nyddiau'r gwawd a'r gwyll diweddar hwn?

Ac ai i hyn y buoch, 'Nhad,
yn trwsgwl weini gofal
ar yr un fu'n gweini arnoch chi
gan ddeffro i wynebu'r hulio bwrdd
a gwthio'r gadair drom drwy'r drysau cul
i olchi ac i sythu pletiau oed â bysedd plastrwr
oedd â'r craciau a'r crawiau gynt, bellach yn hyfryd lân?

Neu ai i hyn –
i gydio gyda grymoedd gwan y ddeilen grych
sy'n grimp gan wyntoedd gaeaf
am iddi wrthod disgyn trwy yr hydref hir
i oedi gwŷn gwahanu
a'r disgyn diymadferth
i ddiddymdra?

Roulette *y Gwynt*

Dowch draw i Gemlyn i weld gwenoliaid môr yn siapio'u nyth
Ond welwch i mo'r difrod cyn y deor, fyth.

A draw yn Amlwch lle mae cariad yn diogelu'r hil
Ni welwch chi mor chwim y try'r echelydd chwil.

Ni welwch chwaith mo'r grym yn eglwys Llwydrus draw,
Nid yw bygythiad heddiw i'w weld, fel glo, neu faw.

Hyd draethell braf bae Cemlyn, yn nyfroedd clir y bae,
Yno y mae yn llercian, a'i frad yn gusan gwae.

*'Nid oedd yr NII wedi llwyr sylweddoli i ba raddau yr oedd y broses
heneiddio wedi achosi dirywiad thermol ...'*
    — Ond damia, nid yw hynny o bwys tragwyddol!

*'... er bod yr awdurdodau yn gwybod y byddai ei diogelwch
yn dirywio dros amser mewn modd ac i raddau nad oedd ei
chynllunwyr wedi eu rhagweld ar y pryd ...'*
    — Nefoedd, hogia, dydi hynny ddim yn ddiwedd y byd!

*'Mae'n ddirgelwch pam na phenderfynodd yr NII ddatgan yr
hyn oedd yn wybyddus iddynt o'r cychwyn sef bod problemau
heneiddio difrifol yn bod yn Wylfa ...'*
    — Gwell bod yn gynnil â'r gwir na chyhoeddi c'lwydda!

Cynghorwyr yr Ynys a'r gwleidyddion gynt
Yn gamblo â bywydau ar *roulette* y gwynt.

Maes Awyr y Fali

Yn nyddiau arfau Llyn Cerrig Bach
roedd lladd yn grefft,
a chwa o chwys
yn gymysg â brath gwaywffon
yn rhan o'r gêm.

Fflach haul ar gleddyf fel fflam
yn gwasgar ar darian,
roedd lliw mewn lladd
a bywyd mewn marwolaeth.

Ond heddiw lluosog yw pob lladd
a'r broses mor amhersonol
â phwyso botwm bach
heb weld y fflach yn y llygaid
na'r fflam yn diffodd.

Ond ar y nawfed o Hydref eleni
daeth gorfoledd o gyrion y Fali,
meibion Môn fydd yn cefnogi'r
rhai sy'n lladd a'r rhai sy'n saethu
o awyrennau pell dieflig
â'u hoffer sbon soffistigedig.
'Y newyddion gorau i chi a fi
sy'n byw'n Sir Fôn,' meddai ein MP.

O am ddychwelyd at arfau iach
Fel y rhai oedd yn nŵr Llyn Cerrig Bach!

Geni Canrif Newydd

Sgerbwd o hen wraig
yng ngwewyr ei thymp.

Esgyrn ei llygaid sydd heno'n llosgi
ac artaith canrifoedd sy'n artaith iddi
wrth weld, heb weld
milwyr mileniwm yn gelanedd oer
a chlywed trwy esgyrn ei phenglog
   sgrechian babanod
      a mwmial mamau
         yn ias drwy nosau ei hing.

Yr un yw'r boen yng ngheudod ei ffroenau,
   drewdod hen frad
      a phydredd dynoliaeth
sy'n hŷn na'i chorpws hi,
ysig wraig a'i hesgor hir
   yn wayw o wewyr
      rhwng gwyll a gwawr.

Ac yno'n unig rhwng brain a brych
mae plentyn ei henaint
   yn wlyb o obaith
      ac yn sglein o ddisgwyl,
        fel mesen.

I'w fam, rho fedd
lle bydd tywod amser
yn cau pob ceudwll
a'r llanw'n golchi crychau'r corff
yn llyfn fel croen y baban.

Yna cymer ef ar faeth
i'w fwytho a'i fagu
a thyred i wlychu'i dalcen
cyn y wawr.

Festri Bryn Du *10/02/13*

Cenhadon hedd mil naw dim saith
    fel lluniau carcharorion
yn ddi-wên, yn ddiobaith
    yn disgwyl eu tynged.

Ninnau yno yn ein rhesi
    fel pennau tatw ar ben rhych
yn sgleinio'n wyrdd yn y goleuni
    ac yn gwrando'n oddefol

ar hen batriarch ein sylw,
    gwyn ei wallt fel Duw,
yn rhannu ei ddoethineb
    ac anwyldeb gynnes ei neges â ni

heb ein hannog i gario bidog
    na byw i gynnal gwladwriaeth
cyn dioddef diwedd
    yn ffosydd gwlybion Ffrainc

fel y gwnaeth un o'r cenhadon hedd;
    y pedwerydd o'r chwith yn y llun
sy'n crogi ar wal y festri
    gan ddisgwyl tynged oedd yn well
na thynged ei frawd.

Angladd

Marw gwahanol yw marwolaeth llinach,
neb ar ôl i dderbyn cydymdeimlad,
drws ar glo a'r diffodd mawr
ar aelwyd oer.

Oer yw anian y rhannu,
dieithryn yn gosod gwerth
ar gariad,
yn rhoi pris ar einioes
ac yn pwyso a mesur
sglein bywyd.

Wynebau'n byw'r drasiedi
fel actorion Shakespearaidd
ond heb rych dagrau drwy'r colur,
lleisiau llaes, goslefu ac acennu cymwys.

Ieuenctid yno dan anogaeth,
wynebau gobeithiol yn 'stumio gofal
ac yn eilio gofid
trwy ildio Sadwrn
yn ddefodol.

Yn eiliad ddwys y gollwng
criai'r brain eu cnul o'r coed gerllaw,
codi, cylchu dro
gan ddychwelyd yn daclus yn ôl y drefn
fel galarwyr.

'Ar ran fy mam,
perthynas agosa'r ymadawedig . . .'
crawciai'r llais wedi'r wledd.

Wedi'r Wledd . . .
a dim ar ôl . . .

Gwirionedd

(Gyda diolch i Shuntaro Tanikawa am y syniad)

Pe bai gennyt ddarn o'r gwirionedd,
   neu yng Nghymru, pe bai gennyt syniadau
     a fyddai'n hwb i'r iaith,
       i'r wlad neu'r gymuned

a phe baet yn eu prosesu'n daclus
   mewn peiriant selsig
     gan roi croen amdanynt
       i'w crogi wrth ddrws y cigydd,

cyn diwedd dydd, deuai'r cŵn o'r cysgodion,
   nid i'w llowcio a'u treulio,
     ond am ddyddiau, i chwyrnu a chyfarth
       gan gnoi talpiau o flew a chnawd ei gilydd

tra bo'r selsig yn drewi'n araf,
   eu crwyn yn breuo yn y gwres
     a'r cynnwys yn disgyn yn llipa
       fel baw ci i'r palmant.

Troedia'n ofalus yng Nghymru!

Geiriau

Pan fyddi yn isel yn nyffryn d'obeithion
a'r cysgodion yn casglu
yn llu blin
fel byddin gynt,
yn bac o hacs
neu haid o wybodusion
ac yn llenwi eu ffon dafl
â llond y lle o eiriau
llym fel cerrig,

casgla nhw'n domen
a dysga grefft dy hynafiaid
â geiriau neu gerrig,
cyfod iti dŵr yn darian
ac o'i gadernid
bwrw dy lid dy hun i lawr
ag annel ddiogel dy ddysg
a phleser digymysg
y dial.

Codi Pais

Yn ara deg ma' dal iâr, meddan nhw,
a chymerodd ei amser yn fonheddig,
gwell hwyr na hwyrach oedd ei arwyddair.

O dipyn i beth denodd ei sylw,
gwneud llgada bach arni a dangos
ei fod wrth ei fodd yn ei chwmni.

Cymerodd hithau ato'n raddol bach
er ei fod yn dipyn o dderyn
a'i bod yn gwybod am badell ffrio a fflam!

Gwisgai ei chalon yn goch ar ei llewys
a bachodd yntau ei gyfle un noson
i fynd i'r afael â'r sefyllfa.

Llyncodd hithau'r abwyd a'r bachyn,
roeddan nhw fel penwaig mewn halan
ar y sêt ôl, ac yntau wyneb i waered.

Oerodd ei ramant pan glywodd si
ei bod yn magu mân esgyrn a chnawd.
Onid codi pais yn rhy fuan oedd hyn?

Hen Stori

Dotiais ati
yn mamol fwydo'r fechan
ar y trên.

Ewinedd
wedi'u gwisgo i'r byw
a'i genau yn dylyfu'i gofal.

Fe basiai am dair ar ddeg mewn criw
a byddai ddoe 'ar binsh'
yn mynd am hanner pris.

Ond gwyddai nawr beth ydoedd gwerth
y tocyn llawn
a hithau yn oedolyn cyn ei dydd.

Oedd, roedd hon yn fam
er gwaetha'r pennau bysedd noeth
a'r trowsus tracwisg pỳg,

yn gyrru'i gwên fel mam
o lygaid byw i lygaid
dros y deth.

Gobeithio nad rhyw hogan fach mohoni o hyd
yn dotio dro ar ddol ei breuddwyd gynt
cyn deffro.

'Macho'
(Cychwyn y daith)

Wyddost ti be 'di *Macho*?

Mi wn i achos dwi 'd'i weld o'n
cael brecwast yn Heathro.

Jîns du a chrys duach,
yn union fel y Murphy's
yr oedd o'n ei ddrachtio i frecwast
a'i ben moel cadarn
gydag arlliw o frown
fel yr ewyn.

Nid pen moel meddal, blawdiog
fel un y Parchedig Robat Parry ers talwm
a gwrym yr het yn gadael
rhimyn gwydr o ymyl goch,
ond moel caled fel ei lygaid,
yn syllu arnoch fel sglein y saim
ar lyfndra crwn y sosej
yr oedd o'n ei handwyo.

Roedd y llwch a ffliciai
o'i sigarét i'w soser
ar ei fwrdd 'No Smoking'
yn eich herio i edrych arno.

Tybed a fydd yntau rhyw ddydd
yn herio'r llwch,
neu a fydd eirlysiau'n
siglo'n ysgafn ar ei fedd
fel ewyn Murphy's?

Y Ferch ar Gei San Ffransisco
(Gyda diolch anferth i T. H. Parry-Williams)

Y camera 'di'i 'nelu at Alcatraz
    A minnau trwy'r gwydr yn sbio
Pan deimlais blwc yn fy nhrowsus llwyd,
    Y ferch ar gei San Ffransisco!

O'n cwmpas, y dyrfa'n uchel ei chloch
    A phawb fel tae'n canolbwyntio
Ar y band casgenni'n ein llonni â'u bît,
    Ond y ferch ar gei San Ffransisco."

O'n blaenau, roedd Pyncs ac enfys eu gwallt
    Fel mwng, yn eu cymell i actio,
A phobl yn talu i dynnu eu llun,
    Ond roedd merch ar gei San Ffransisco

Yn tynnu'n fy nhrowsus, yn gwahodd o hyd,
    Fy ngwahodd i ganolbwyntio
Fy nghamera'n llwyr ar ei harddwch hi,
    Y ferch ar gei San Ffransisco.

Un arall, â'i groen fel nosweithiau'r wig
    Tu ôl i ganghennau yn cuddio
Ac yn neidio i ddychryn yn dyner, bob un
    Oedd mewn breuddwyd ar gei San Ffransisco.

Henwr yn chwythu ei sacsoffon
    Gan blygu ei nodau, i grio
Trueni, a gwae a thristwch ei hil
    Yn y gân ar gei San Ffransisco.

I'r chwith, yr roedd delw fyw o aur
    Yn symud i synau'r clincio
Wnâi'r arian wrth ddisgyn yn aml i'w focs
    Ar y cei yn haul San Ffransisco.

Ond er troi ato i dynnu ei lun
    Roedd un oedd yn dal i blycio,
A'm gwahodd i 'nelu y lens ati hi,
    Y ferch ar gei San Ffransisco.

O'r diwedd fe drois i'w hwynebu'n iawn,
    A'r wyneb na chaf ei anghofio,
Y lolipop glas a llygaid chwe blwydd
    Y ferch ar gei San Ffransisco.

Eglwys y Santes Fair

Eglwys a osodir ar fryn
ni ellir ei chuddio

ac yno yr oedd
    yn anferth o greadigaeth goncrit
        gyda'i sylfaen naw deg troedfedd
            yn ymestyn yn gadarn i'r gorffennol.

Crist efydd gyda'i angylion
    yn gwahodd â breichiau agored,
        trigolion yn troedio'n llonydd tuag ato
            ond roedd o rywsut ymhell o'u cyrraedd,
            yn uwch yn ei oruchafiaeth
          ond roedd o'n hardd.

Treiddiai tawelwch hyd at yr enaid
    ac roedd y tir tu mewn yn sanctaidd,
        pedair croes o wydr lliw
          yn ymestyn tua'r nenfwd
            yn gelfyddydol symbolaidd.

Allor ddihalog, oer fel Mair,
    ffenestri mewn paneli pin,
        creadigaeth aliwminiwm ddrud
          yn ein gwahodd i ddringo'r
            grisiau grisial i'r entrychion
            cyfrin.

Pedwar panorama anferth trwy wydrau'r pedair cornel,
   eglwys yn ymestyn ei breichiau i'r byd
      ac yn gwahodd.

Ond welais i'r un Mecsican na Chicano
   yn begera'n y cynteddau
      nac yn y cerflun efydd
         nac yn sawru'r sancteiddrwydd,
            dim ond ôl bwledi eu cynddaredd
           yn graith ar y gwydrau
              gan nad ydynt yn deall y geiriau
                 ac am nad yw'r Gair na'r siaradwyr
                 yn cyffwrdd eu bywydau brau.

Cofeb Martin Luther King Jr.

'Na, na, dydyn ni ddim yn fodlon,
a fyddwn ni fyth
hyd nes y bydd tegwch yn llifo fel dyfroedd
a chyfiawnder yn llanw nerthol.'

Geiriau'r gofeb
i'w gweld drwy'r dŵr
sy'n llifo'n fythol
i gronfa cyfiawnder

ac o'i blaen, cariadon awr ginio,
myfyrwyr ac athrawon yn treulio'u
meddyliau,
gweision a gweinyddesau o bob lliw
yn mwynhau'r un gwres
a'r un rhyddid.

Trwy'r dafnau gwelais y Groes yn siglo
ar dŵr yr eglwys wag
oedd â'i drws ar agor
led y pen

ac wrth ei hochr hithau
ysblander y gwesty
a chromenni'r ffenestri'n
arwain fel grisiau
at wychder ei brig
ac wrth y drws
porthorion yn graddoli'r gwesteion
yn ôl grym eu doleri.

Yng nghysgodion diwetydd
roedd dau neu dri
yn llusgo o fwced sbwriel i fwced sbwriel
yn chwilio am friwsion o dorth y dydd
neu arogl pysgodyn,

yna'r un sychedig
â'i flys ar flasu,
yn gosod ei wefusau
dan y diferion.

Dau Alcatraz

Bariau oedd eu byd
   i'w cau'n eu celloedd
      pump wrth saith.

Clencian y drysau'n
   atsain eu dedfryd
      gan seinio caethiwed.

Cyfarthiad helgwn
   oedd arthio'r ceidwaid
      yn rhwygo'u hunan-barch.

Tincial goriadau rhyddid
   a fflach eu pryfocio
      fel llygaid morwyn.

Y weiren bigog
   ar y ffordd i'r iard
      yn brathu fel coron ddrain.

Y bont yn crechwenu
   yn llifolau'r haul
      a'r don yn fflemio'i gwawd.

Synau dathlu San Ffransisco
   a blas yr hen win ar yr awel
      yn suro'u horiau.

✦ ✦ ✦ ✦

Ond ar balmentydd tref
  ag oerni nos
    yn cyffio'u cymalau

roedd carcharorion eraill
  yn synnu ar fyd trwy fariau
    troli Walmart un wrth dair,

neu'n sbecian dros y bocs a'r blanced lom
  drwy niwl y nodwydd
    ar darth y dydd,

a'u hunig drosedd hwy
  oedd lliw eu crwyn
    neu gael eu geni.

Dwyieithrwydd

Ar ddiwedd y ddarlith
 gafaelodd hon yn ochelgar
  yn y meic.

'Mae dwyieithrwydd yn costio,'
 sibrydai'i llais toredig
  trwy'r awditoriwm,

'. . . wedi costio i'm cydwybod,'
 ac economeg ei heuogrwydd
  yn ddoleri o ddagrau
   ar ei gruddiau.

'Bellach, rhwng fy nheulu a mi
 nid oes geiriau,
  dim ond iaith llygad a llaw,
   edrychiad a chyffyrddiad chwaer.

Diflannodd fy Sbaeneg
 yn niwloedd y chwedlau
  a hud ein hanes
   sy'n llwch hyd lwybrau'r gorffennol,

a daeth sglein trwch gewin o Saesneg,
 yn iaith gwe ac yn iaith gwae
  i mi.'

Mewn eiliad o deimlad dwys
 lle'r oedd deigryn yn drech na dysg,
  lleisiodd hithau'r ddarlithwraig
   euogrwydd ei chenhedlaeth:

'Dim ond y fi o saith o blant
   siaradai iaith fy mam â hi
      ar wely'i hangau.'

Rhywsut, roedd darlith ei dyhead
   am herio'r drefn
      a rhoi cyfle i Latinos a Chicanos
         gael cadw'u dwy iaith,
            gan gwaith yn gryfach
               o'r eiliad honno.

Gwyn yw Du

Mewn canolfan siopa'n San Ffransisco
gwelais y gwir na allaf ei anghofio!

Yno, ynghanol moeth
    a mwythau'r cefnog,
        y stondin sgleinio sgidiau.

A hen ŵr gwargam gwyn
    mewn osgo moesymgrymu
        ar ei lin i dduw oedd ddu,

yn sgleinio lle nad oedd angen sglein,
    esgidiau oedd 'run lliw â'r croenddu smart
        a ymhyfrydai
            yn ei oruchafiaeth

fel brenin ar ei orsedd,
    ei wên cyn lleted â chantel ei het,
        ei freichiau ar led,
            a'r fflach bryfoclyd yn ei lygaid
                fel gwanwyn wedi'r gaeaf.

Yr isel yn ben,
    yr olaf yn flaenaf
        a'r du yn wyn.

        Canrif newydd,
            milflwydd newydd,
                gêm newydd,
                    hyder newydd.

Gwrandewch Gymry.

Nodiadau

Lois, Twm, Siôn ac Alaw tt. 24–28
Fy wyrion yn nhrefn eu geni. Roedd Lois yn mwynhau
    mynd i 'man y môr' pan oedd yn ddyflwydd oed a Twm
    yn mwynhau mynd i Sain Ffagan bryd hynny. Sôn am
    enedigaeth Siôn ac Alaw y mae'r cerddi iddyn nhw.

Ymroi t. 29
Cerdd am fy wyrion i a wyrion pawb arall yw 'Ymroi'
    a'r ymdrech aruthrol y mae'n ei chymryd i feistroli
    symudiadau, iaith a byw.

Stori Bapur Newydd t. 44
Cyfeirio mae'r gerdd at Sean Hedley Tierney (66) a
    gafodd oes o garchar am geisio llofruddio dau oedd
    yn byw mewn fflat odano, sef Nigel a Margery Gibbs,
    Ffordd Dulyn, Llandudno, Awst 2012. Dedfrydwyd
    Ionawr 29, 2013.

I Wil t. 49
Wil Rowlands, yr artist o Fôn a'r un a wnaeth y llun sydd ar
    y clawr cefn.

Creiriau t. 53
Atgofion sydd yma eto, am adar fy mhlentyndod sy'n
    prinhau bellach a'r elfen gymdeithasol a fyddai i
    gario gwair yn y dyddiau a fu. Roedden ni'r plant yno
    bob amser ac yn rhedeg at y c'nwswd sef y baned a'r
    brechdanau a oedd ar gael yn y fasged wellt fawr.

I Bill a Menna tt. 55 a 58
Bill Hicks, Rhaglennydd Cysill a Cysgair, Ebrill 2005 pan
    ymadawodd â'i swydd oherwydd iechyd a Menna
    Morgan bryd hynny, yr Ieithydd a weithiai ar Cysill
    a Cysgair ac a ymadawodd am swydd yn y Llyfrgell
    Genedlaethol yn 2006.

Cofio Meri t. 60
Meri Rhiannon Elis y cefais y pleser o gyd-ddysgu â hi
    yn Ysgol Uwchradd Bodedern. Yn ei chynhebrwng,
    soniwyd am un o'i hwyrion yn gofyn, 'Fydd Nain yn
    canu efo Elvis rŵan?'

Er cof am Arwyn t. 62
Yr annwyl Arwyn Roberts, tîm *Talwrn y Beirdd* Bro Alaw a
    fu farw'n sydyn ar fordaith.

I 'Ned' er cof am Gwyneth t. 63
Gwyneth Morus Jones y cefais y pleser o gydweithio â hi tra
    oedd ar secondiad i'r Coleg Normal.

Cofio'r dyddiau da t. 64
Ysgrifennwyd hon wrth feddwl am nifer o drigolion
    Llandegfan a gafodd gystudd hir a blin a chyflwynaf hi
    er cof am y diweddar John, Tanfynwant sef tad Wil Tân.

'Nid yno'r wyf' i gofio Em t. 65
Er cof am Emyr Williams, fy nai, Castell, Penmynydd, Môn.

Roedd yn codi cnydau organig ar y tir ac yn eu gwerthu. Plannodd tua chant o goed yng nghornel un cae a bydd y coed yn cael eu henwi'n 'Coed Catrin' er cof amdano. Catrin yw ei ferch fach a oedd yn ddau fis ar bymtheg oed pan benderfynodd ar awr ei farwolaeth, 8 Mehefin 2003.

Cofio Catrin t. 66
Catrin Prys Jones, ffrind ysgol hoffus a byrlymus fy merch
 Siwan a fu farw'n rhyfeddol o sydyn yn Hydref 2006.
 Roedd yn aelod o staff yr Adran Theatr, Ffilm a Theledu
 ym Mhrifysgol Aberystwyth.

I Aeron t. 67
Aeron Gwyn, Caergeiliog, Ynys Môn, brawd yng nghyfraith
 fy mab, Owain. Enillodd y Rhuban Glas yn Eisteddfod
 Genedlaethol y Faenol, 2005 a bu farw ddiwedd Mehefin
 2008 yn 31 oed. Ysgrifennwyd hon yng nghanol ei wewyr
 a'i waeledd.

Sian t. 68
Ysgrifennwyd hon ar gyfer cyfarfod coffa Sian Owen
 yng Nghapel Hyfrydle, Caergybi, Mai 18fed 2014.
 Cyflwynwyd hi i Gruffydd, Heledd a Morfudd, ei phlant
 a seiliwyd hi ar rai o ddelweddau a geiriau Sian ei hun
 yn ei cherddi.

6721 t. 70
Mwyafrif y bleidlais 'Ie' dros gael Cynulliad i Gymru.
    Gosodiad gan Ogwyn Davies gyda'r neges
    fuddugoliaethus yn y rhif.

Côr o Nodau t. 72
Enwau ar wahanol nodau clust defaid sydd mewn print
    italig.

Cilgwyn t. 86
Cyfeiriadau at waith, geiriau a chymeriadau Kate Roberts
    sydd yn hon.

Roulette *y Gwynt* t. 100
Pob dyfyniad o fersiwn Gymraeg adroddiad Large and
    Associates – Ymgynghorwyr Peirianyddol. Y dyfyniadau
    i'w hystyried fel darnau o'r newyddion.

Maes Awyr y Fali t. 101
Yn 2002 y dywedodd Albert Owen, AS Môn, rywbeth yn
    debyg i'r geiriau yn y gerdd.

Festri Bryn Du 10/02/13 t. 104
John Williams Brynsiencyn yw'r 'pedwerydd o'r chwith
    yn y llun'.

Diolchiadau

Diolch i Gyngor Llyfrau Cymru am nawdd tuag at y cyhoeddi, i Marred a Geraint yng Ngwasg y Bwthyn am eu cyngor a'u gofal, i Dylan y dylunydd am ei drylwyredd ac i'r Prifardd Llion Jones am ei gynghorion a'i arweiniad gyda rhai o'r cerddi. Hebddo fo a'i anogaeth, fyddai'r gyfrol hon ddim wedi gweld golau ddydd.

Diolch i Graham Williams am y llun ar y clawr blaen ac i Wil Rowlands am y paentiad llawn disgwyl, hud a distawrwydd o'r crëyr a welir ar y clawr cefn. Diolch i'r holl artistiaid a roddodd eu caniatâd caredig a pharod i mi ddefnyddio'u gwaith a oedd yn rhan o'r Arddangosfa Celf a Chrefft yn Eisteddfod Genedlaethol Môn, 1999 ac am ganiatáu i mi ddefnyddio fersiynau du a gwyn o'r gwaith. Diolch hefyd i'r Eisteddfod am y nawdd. Mae enwau'r artistiaid i'w gweld gyda'u gwaith.

Yn olaf, hoffwn ddiolch i'm gwraig Gwenda am ei chefnogaeth, ei hawgrymiadau a'i geiriau doeth.

Ymddangosodd rhai o'r cerddi yn *Taliesin*, *Barddas*, *Papur Menai* a *Llanw Llŷn*.

eiliadau tragwyddol